Adel Karasholi ع *Also sprach Abdulla*

Adel Karasholi

Also sprach Abdulla

Gedichte

A1 VERLAG

وقال لي كل كاتب يقرأ كتابته وكل قارئ يحسب قراءته

النِفري

Und er sprach zu mir
Jeder Schreiber liest was er schreibt und jeder Lesende
wähnt was er liest

an-Niffari
(islamischer Mystiker aus dem 10. Jahrhundert)

ج *Und er sprach*
Sieh den andern lange an und langsam

Die Wurzel

Also sprach Abdulla zu mir
Du bist nicht mehr du denn wärest du du selbst
Könntest du nicht hinnehmen was du hinnimmst
Und er sprach
Wer die Wurzel verliert verliert die Frucht
Und wer die Frucht verliert verliert die Wurzel
Doch wisse die Wurzel ohne Frucht ist unfruchtbar
Und Unfruchtbarkeit ist so trocken wie Stein
Und er sprach
Schlage eine Wurzel
So gründest du dir ein Vaterland
Denn wer kein Vaterland hat in einem Vaterland
Hat keine Wurzel
Und wer keine Wurzel hat trägt keine Frucht
Wer aber keine Frucht trägt
Ist allein und verlassen
Wie ein abgetrockneter Zweig
Meine Lippen sagten nichts außer einer Träne
Die dem Auge entfloh

Und er sprach
Ort der dich enthält
Zeit die dich trägt
Regenbogen mit Regenbogen im Innern verwoben
Nur dann ist Leben
Und zeitlos deine Zeitlichkeit
Und ortlos dein Ort

Und er sprach
Die Kähne vergaßen den Wind
Und ließen die Segelköpfe hängen
Die Küste wartet
Und wartet

Seiltanz

Und also sprach Abdulla zu mir
Fremde ist zu deiner Rechten
Und zu deiner Linken ist Fremde
Denn du tanzt auf einem Seil
Und er sprach
Die Frage steht der Frage im Wege
Die Antwort der Antwort desgleichen
Denn du tanzt auf einem Seil
Und er sprach
Weder der Osten ist Osten
Noch der Westen Westen in dir
Denn du tanzt auf einem Seil
Und er sprach
Schließe deine Augen
Und laufe so schnell du laufen kannst
Denn du tanzt auf einem Seil

Und er sprach
Näher als die Hand dem Körper
Und dem Auge die Pupille
Näher als dem Gedächtnis die Erinnerung
Und dem Kind die Mutterbrust
Bleibt dir das ferne Land

Ich aber sprach
Die Fremde ist mir nicht fremd
In der Wurzel nistet sich Fremde ein
Und immer
Ins Ungebundene gehet eine Sehnsucht
Ruft mich zurück
In den einsamen Nächten
Hinter die sieben Berge

Hinaus

Und also sprach Abdulla zu mir
Zum Sitzen boten sie dir einen Stuhl
Aber du nahmst nicht Platz
Zum Essen deckten sie dir einen Tisch
Aber du langtest nicht zu
Einen Becher reichten sie dir
Aber deine Lippen berührten ihn nicht
Und er sprach
Des Gastes Pflicht hast du geschmäht
Und des Gastgebers Recht
Ich aber sprach
Hörst du nicht wie sie mir
Ins Gemüt schreien
Die Speisen auf dem Tisch haben dir zu schmecken
Also iß
Der Wein in dem Becher hat dir zu munden
Also trink
Sodann erhebe dich und gehe an die Arbeit
Hinaus

Und er sprach
Lasse liegen das Korn
Das man dir vor die Füße wirft
Mit liebloser Hand
Und fliege hungrig
Mit den kleinen Vögeln

Und er sprach
Dem Verfolger Vaterland zugewandt
Geht immer noch fremd
Der Fremde

Sindbad

Und also sprach Abdulla zu mir
Schütte Balsam auf die einst so bittre Wunde
Und kehre heim
Einen Tag lang warst du auf Reisen
Oder waren es tausend Jahre
Jede Muschel hast du geöffnet
In der Fremde ferner Meere
Jahr für Jahr für Jahr
Kehre heim
Suche die vertraute Sonne
In durstigen Augen versteckt
Breite deine Perlen aus
Denn was ist das Wort
Erstickt auf geschlossenen Lippen
Was für den weißen Hals die Perle
Wenn in der Muschel sie ruht

Und er sprach
Keine Quellen
Fließend wie Honigbäche
Keine Ähren
Hängend wie Trauben
Im Garten Eden der Fremde

Der Wahnsinn

Und also sprach Abdulla zu mir
Lässest du dem Wahnsinn deine Augen
So sehen sie nur was sie sehen wollen
Lässest du dem Wahnsinn deine Hände
So fassen sie nach dem Feuer
Und ohrfeigen den Tyrannen
Lässest du dem Wahnsinn deine Lippen
So zerbrechen sie das Schloß
Das sie verschließt
Lässest du dem Wahnsinn deine Füße
So verlassen sie das Seil
Auf dem du tanzt
Lässest du dem Wahnsinn dein Gedächtnis
So beantwortet die Frage die Frage
Und es vermählt sich mit der Vision der Blick

Das Märchen Sehnsucht

Und also sprach Abdulla zu mir
Schreibe dich dem frischen Lächeln der Enkel zu
Schlage deine Füße in immer neue Felsen ein
Geronnene Träne auf deiner Wange
Dieses stolze Muttermal
Und er sprach
Nur das Gedächtnis weiter Himmel
Webt noch das wunderbare Blau
Und im Gedächtnis nur flüstern greise Fenster
In engverschlungenen Gassen einander
Ihre Märchen zu

Und er sprach
Laß das Fremde dich nicht fangen
In seinem Netz
Sieh den andern lange an und langsam
Die Vergänglichkeit des fremden Augenblicks
Greift dann ratlos nicht mehr
Durch dich hindurch

Eilende Winde

Und also sprach Abdulla zu mir
Stelle dem Fremden einen Stuhl hin
Decke dem Fremden einen Tisch
Bringe dem Fremden zu essen herbei und zu trinken
Und er sprach
Halte dein Ohr geneigt wenn ein Fremder spricht
Nimm in deine Hände die seinen
Denn sie zittern vor Kälte noch
Und er sprach
Vielleicht beschuhst auch du eines Tages
Deine Füße wie er
Mit eilenden Winden

Und er sprach
Mit Sehnsucht nach Ankunft im Frühling
Hüllt sich im Eiswind
Und widersteht dem Tod
Der nackte Baum

Der Zauderer

Und also sprach Abdulla zu mir
Der Wind dreht dir eine Nase
Die Winter wandern zu dir hin
Du hast zu lang gezaudert
Und er sprach
Da bist du der Einsame nun netzlos sommerlos
Zwischen dem Rachen des Meeres
Und der Pranke der Wüste
Die Tiefe ist nicht tief
Der es wagt gewinnt die Schätze
Und bei der Abfahrt schon öffnet sich die Muschel
Und weist dir die Perle
Und wer lacht der hat zuvor geweint
Und er sprach
Dies ist ein neues Schiff für die Furchtlosen
Vielleicht ist es das letzte für dich
Steige ein ehe dich die Fremde würgt
Und der Zweifel dich aushöhlt
Steige ein
Flicke deine Netze
Werfe sie aus
Zeige den Mut von Segelnden
Der Wind peitscht ihr Gesicht
Doch sie segeln
Jahr um Jahr

Die Sehnsucht

Und also sprach Abdulla zu mir
Geschlagen bist du an dieses Kreuz
Doch das Kreuz selbst ist dir lieb geworden
Dein Blut rann in seine Ritzen
Du wurdest eins mit ihm wie es eins wurde mit dir
Es kann dir nicht entrinnen
Wie du ihm nicht entrinnen kannst
Und er sprach
Magdalena salbt dir die Füße mit Ambra
Magdalena labt dich mit einem Tropfen frischen Wassers
Magdalena reicht dir einen Kanten Brot
Und er sprach
Ersticke in deiner Brust die Glut
Bringe zum Schweigen die Sehnsucht in deinen Rippen
Ich aber sprach: Aaach

Der Reisende

Und also sprach Abdulla zu mir
Lang ist die Reise und du sitzt im Zug allein
Nur die Berge in der Ferne
Nur das wüste Land und enge Gassen
Und er sprach
Niemand folgt dir
Niemand verfolgt dich
Niemand hält dich zurück
Rückwärts verschwinden die Menschen
Ihre Gesichter berühren das Gedächtnis nicht
Ihre Blicke sind flüchtig
Unhörbar ihre Stimmen
Ich aber sprach
Noch einmal ankommen irgendwo
Ausruhen können noch einmal
Einmal dort sein wo die Erinnerung
Bescheid weiß

Und er sprach
Du siehst den Horizont sich weiten
Und kannst nicht aufstehen
Nur deine Hand streckt sich von Fall zu Fall
Unwillig aus

س *Und er sprach*
Du bist der den du in ihm suchst
Und der den er sucht in dir ist er

Der andere

Und also sprach Abdulla zu mir
Niemand ist außer dir
Er wäre denn in dir
Und er sprach
Der andere bist du und du bist er
Nur die Brücke dazwischen ist Leben
Was wäre denn Leben sonst
Wenn die Brücke zerbräche
Und er sprach
Du entfernst dich selber von dir
Wenn der andere sich entfernt
Und er sprach
Sende die Kugel nicht
Zu deines Bruders Brust
Du fielest selbst
In sein Grab

Ich aber sprach
Der andere tötet mich
Tagein tagaus
Warum fällt er nicht
In mein Grab

Und er sprach
Du bist der den du in ihm suchst
Und der den er sucht in dir ist er
Du bleibst du
Und er bleibt er
Mit geballten Flügeln schlägt
An verschlossene Fenster
Der Rabe Trennung

Und er sprach
Werde wie du warst
Als du noch nichts warst
Außer im andern
Ein Ich

Und er sprach
Wie Seiltänzer
Auf des Messers Schneide
Steht durstig der Wanderer
Zwischen Regen
Und Regen

Und er sprach
Auch auf blühender Wiese
Vertrocknet
Der abgeschnittene Zweig

Und er sprach
Der den du schweigend verachtest
Schreit dir ins Gesicht
Seine Verachtung

Und er sprach
Nichts mehr kann aufhalten die Reise
Nach einer Sonne die alles erhellt
Des Hungers finstere Glut brennt
Auf des Hungrigen hohe Stirn
Das Mal der Ungeduld

Das grelle Licht

Und also sprach Abdulla zu mir
In der Ähre bewohnte einst die Sonne dich
Du stiegest auf wie ein Körnchen Weizen
Wie eine Brücke aus Freundlichkeit
Und er sprach
Doch eines Tages rief dich mit lauter Stimme
Das grelle Licht
Du stiegest um
Vom Weizenhemd zum Stempelrock
Und unter deinem Stiefelmarsch
Zerbröckelte die Brücke
Zu Staub

Und er sprach
Gehe in einer Ähre auf
Und die Sonne geht auf
In dir

Ich aber sprach
Wie kann in einer Ähre ich aufgehen
Die ich selbst begrub
In meiner Brust

Und er sprach
Nicht die Sonne
Urbild der Welten
Und Fülle
Aller sichtbaren Schönheit
Bist du

homo falterensis

Und also sprach Abdulla zu mir
Schlage nicht an heilige Gemäuer
Schreie nicht
Du bist im Kokon die Larve
Und er sprach
Schmetterling willst du sein
Und Falter lieben das Licht
Und im Licht lauert der Tod
Du aber bist geborgen hier
Solange du in deinem Kokon ruhst

Ich aber sprach
Im Kokon ist Dunkel und dunkel ist der Tod
Laß mich flattern im Leben
Einmal nur
Nach hellem Licht
Und taufrischer Blüte

Und er sprach
Gibt es keine Palme mehr in uns
Keinen Sturm der uns vor Mitleid schüttelt
Oder vor Liebe
Daß eine Dattel falle
Die süß schmeckt

Der Weinberg Erde

Und also sprach Abdulla zu mir
Wie in der Arena der Stier
Diese Menschheit
Immer nach vorn
Dem Tode zu
Und er sprach
Heilige Städte entweihen sich durch Blindheit
Mit unheimlichen Dolchen jagen Menschen unentwegt
Der eigenen Schlagader nach
Und fassungslos wird aufschreien die Wunde
Eines blinden Tags
Und er sprach
Dann kommt eisige Kälte über die Welt
Und es wird kein Baum mehr sein
Kein Flügelschlag kein Lustschrei oder Schmerz
Und er sprach
Umgegraben aber ist der Weinberg
Entsteint und bebaut mit Turm und Kelter
Warum also diese schlechten Trauben
Und wer flicht immer wieder die Krone von Dornen
Ich aber sprach
Mich dürstet
Ach Ölbaum
Nimm uns ins Kühle

ر

Und er sprach
Du aber kennst nicht das Ding
Da es in dir nur Name ist

Die Krallen

Und also sprach Abdulla zu mir
Du bist durstig und deine Brunnen sind versiegt
Denn deine Welt ist bitter wie Koloquinte
Und wie ein Seufzer leise deine Stimme
Und er sprach
Bricht die Quelle nicht aus dem Felsen
Bleibt Sand der Horizont und Hitze
Und in der Hitze der Durst
Und im Durst der Wahn
Und im Wahn der Tod
Und er sprach
Um abzulegen von deiner Welt den Wahn
Brauchst du Krallen
Um den Fels zu spalten
Brauchst du Krallen
Um mit Quellwasser den Sand zu besamen
Brauchst du Krallen
Du aber hast keine Krallen außer deiner Stimme
Und deine Stimme ist leise wie ein Seufzer
Und wie Koloquinte bitter deine Welt

Und er sprach
Wie des Meeres Wogen
Von Unendlichkeit zu Unendlichkeit
Die Lustschreie der Liebenden wenn selbst
Die blassen Wände im Dämmerlicht
Sich wiegen im Takt und beben

Die Frage

Und also sprach Abdulla zu mir
Die Welt verengt sich nach dem Maß deiner Augen
Doch nur in deinen Augen verengt sie sich
Und er sprach
Schließt du dich gegen die Welt
So findest du keinen Schlüssel mehr
Zu einem Schloß
Wer aber die Frage verliert
Verliert die Antwort
Und wer die Antwort verliert
Verliert sich selbst
Seine Augen verlernen das Laufen
Und seine Lippen verwachsen
Mit dem Nichts

Ich aber sprach
Ich will die Ruhe finden
In meiner dünnen Haut
Und in meinem Bett ein Kissen nachts
Doch jede Antwort die mein Haar
Zu streicheln sucht mit sanfter Hand
Schlägt ach sogleich mit einer Frage zu

Und er sprach
Gib der Lüge nicht preis dein Wort
Halte alles was du denkst
Und was du sagst für Unsinn nicht

Und er sprach
Biete der Hand
Die die rechte Wange dir schlägt
Die linke nicht
Wie den Regen vom letzten Herbst
Vergiß die Vergeßliche

Und er sprach
Das Gras ist gewachsen
Auf unbekannten Gräbern
Eine Gegenwart lang
Im Schutz wuchernder Erinnerung
Täuscht Flucht vor
Die enthäutete Schlange

Die Umarmung

Und also sprach Abdulla zu mir
Im Gewölbe der Gewalt tilgt ein Stöhnen zuweilen
Gewaltlos die Gewalt
Die aber auf die Straße gehen
Liegen bald wie Kieselsteine
Auf frischplanierten Straßen
Und er sprach
Aus den Bahnhöfen verordneter Träume
Fährt der Zug halbleer
In rosige Zukunft
Ausgestreckte Arme versperren das Firmament
Ein einziger Biß in den süßen Apfel
Vertreibt das Paradies
Selbst der Schritt kehrt um im Schritt

Und er sprach
Auch Tyrannen
Historisch gereinigt
Und weißgewaschen
Schaffen von Fall zu Fall
Eine Tradition

Und er sprach
Deine Schritte eilen dir voraus
Die Ungeduld hetzt dich
Von Augenblick zu Augenblick
Geduldig wartet
Die Falle

Und er sprach
Kahle Steine
Eingeschlossen in eigener Herrlichkeit
Springen mit deinen grünen Träumen um
Wie kahle Steine
Mit grünen Träumen

Der neue Mensch

Und also sprach Abdulla zu mir
Dir wachsen Zähne am Gemüt
Das wilde Tier packt dich an den Schultern
Und schüttelt dich
Dich zu wecken aus tiefem Schlaf
Du aber bist fern den Geheimnissen
Die man dir anlastet
Du bist verfallen dem Takt nach dem du tanzt
In die Hölle hinein
Du singst nicht selbst die Gesänge
Die man dir in den Mund legt
Du bist das wilde Tier
Das dich an den Schultern packt
Und schüttelt und schüttelt und schüttelt

Das Gerücht

Und also sprach Abdulla zu mir
Unsichtbar wie die Luft
Strömt das Gerücht durch alle Poren
Wie die Finsternis unfaßbar
Umhüllt vor Anbruch der Dämmerung schon
Jedes Licht mit unheimlichem Schleier
Vorübereilende Blicke
Durchbohren wie Wortkugeln die Wunde
Und er sprach
Hack dir den Arm ab
Des Gerüchtes schwarze Tätowierung
Läßt sich nicht tilgen
Mit einer Träne

Und er sprach
Der Stein ist hart
Der Stahl ist fest
Der Wasserhahn ist weise

Die Dinge und ihre Namen

Und also sprach Abdulla zu mir
Jedes Ding hat einen Namen und jeder Name ein Ding
Du aber kennst nicht das Ding
Da es in dir nur Name ist
Und er sprach
Das Ding ist nicht sein Name
Und der Name nicht das Ding
Nennst du mit einem Namen ein Ding
Verändert es sich
Und der Name bleibt
Und er sprach
Benenne mit dem Ding den Namen
Nicht mit dem Namen das Ding
Denn sagst du was andere sagten vor dir
So sagst du die Hülle nur
Und wenn du die Hülle sagst
Sagst du den Trug
Und wenn du den Trug sagst
Tötest du in seinem Namen das Ding

Ich aber sprach
Das Vergangene trägt Ewigkeit
Zu meinem Augenblick
Und ohne Ewigkeit
Ist der Augenblick ein Ufer
Ohne Meer

Und er sprach
Verlassend die Endstation
Der Sprachlosigkeit
Umarmt sich selbst
Der Fremde
Seiner Gebete Rosenkranz
Kargwort
Neben Kargwort

Und er sprach
Atme ein mit allen Poren
Diesen einen Augenblick
Halte die Luft nicht an
Atme ihn aus
Und versprich Welt
Im heiligen Leichtsinn
Deiner Worte

ح

Und er sprach
Denn wie die Liebe ist Vollkommenheit
Der Tod

Sonne und Schnee

Und also sprach Abdulla zu mir
Der Regen geht auf im Fluß
Und in des Baumes fruchtigem Saft
Sei Fluß oder Baum
Und er sprach
Der Regen wird kein Regen wieder
Und der Saft keine Frucht
Ohne Sonne oder Glut
Ich aber sprach
Woher die Sonne
Woher die Glut
Da mich belagert der Schnee

Und er sprach
Bade im frischen Urquell ihrer Glut
Sammle die Muscheln an unendlichen Ufern
Breite die Perlen auf des Meeres tiefstem Grund
Brich auf mit deinem stummen Lustschrei
Atemzug um Atemzug
Ins irdische Jenseits

Und er sprach
Lebensbäume werden gefällt
Im Urwald der Welt
Einer nach dem andern
Und eins nach dem andern wächst das Unkraut
Und wächst

Ich aber sprach
Halte durch Mutter Erde
Frau aus meinem Hauch
Insel
Für einsame Boote
Im All

Kismet

Und also sprach Abdulla zu mir
Laß die Welt zugrundegehen
Wenn die Menschheit sie
Zugrundegehen läßt
Und er sprach
Hat sich das Leben ausgelebt
Wirst du nicht mehr sein
Und nicht mehr wissen
Daß kein Leben lebt
Im Universum aber schweben die Planeten
Substanzen fragen nicht
Und er sprach
Wenn das Leben leben soll
Wird es eben leben

Und er sprach
Mische dich nicht ein
In des Lebens Lebenslauf
Erlebe nur
Was dir zum Erleben
Das Leben reicht

Und er sprach
Du kannst nichts bewegen
Du wirst bewegt
Des Lebens wilder Fluß fließt
Und wie ein Stück Holz
Schwimmst du
Auf seinem gekrümmten Rücken

Ich aber sprach
Auf welches Ufer sodann
Speit den Körper aus der wilde Fluß
Und welche Fäulnis laugt langsam die Seele aus

Und er sprach
Ordnung der Natur
Gleichgewicht
Überleben des Baumes und der Nachtigall
Sonst
Das Nichts

Und er sprach
Affen die keine Nuß mehr finden
An einem Baum
Warten bereits darauf
Menschen zu werden

Und er sprach
Dein erster Schrei
Spannt schon die Bogensehne
Sendet zu deiner Brust
Des Todes verläßlichen Pfeil
Die Entfernung aber
Zwischen Schrei
Und Schweigen
Heißt Leben

Und er sprach
Nimm hin was kommt
Erwarte es nicht
Sage dem Tod willkommen
Und lebe

Und er sprach
Zwischen vorzeitlicher Urewigkeit
Und endloser Ewigkeit
Bist die Brücke du
Halte dich den beiden Enden
Nicht fern

Ich aber sprach
Grab
Endstation
Der Ratlosigkeit
Aber sprachlos ist die Vollkommenheit
Und wenig Worte kennt der Tod

Der Tod

Und also sprach Abdulla zu mir
Wohl ihm dem der Tod nicht naht
Aber mit Hoffnung auf Leben
Schließt dich behutsam die Todesmauer ein
Und er sprach
Nur die Toten lehren dich
Kein Toter im Leben zu werden
Nur im Tod bist du ein Ganzes
Denn wie die Liebe ist Vollkommenheit der Tod
Und wie der Beischlaf des Todes Augenblick
Nichts als Vollendung
Ein Ausatmen lang

Ich aber sprach
Aus unergründlichen Tiefen
Taucht eine Fee empor
Lichtstrahl
Um Lichtstrahl
Zu eng meine Augen aufzunehmen
Das betäubende Licht dieser Frühe
Am Meer

Der Schmerz

Und also sprach Abdulla zu mir
Dolche ritzen dein Gemüt
Da du dich nach Sehnsucht sehnst
Wenn keine Sehnsucht ist
Und er sprach
Der Schmerz nagt an dir
Und die Schlaflosigkeit
Bis in dir die Sehnsucht schläft
Ich aber sprach
Schliefe in mir die Sehnsucht
So fürchtete ich
Mich träfe ein Dolch im Schlafe
Und ich spürte nicht mehr
Den Schmerz

Froher Abend

Und also sprach Abdulla zu mir
Geselle den Fischen dich
Mit ihren runden Augen
Frage das Wasser warum es fließt
Frage die Woge wohin sie geht
Frage die Olive warum sie Olive heißt
Frage das ferne Land warum es so nahe bleibt
Und er sprach
Singe den sinnenden Bäumen
Mit der Nachtigall
Das Wiegenlied
Sei des Regens Sommerwolke
Klopfe sanft mit grünen Träumen
An die Fenster dieser Welt

ب

Und die Brücke dehnt sich aus
Von Meridian
Zu Meridian

Der Dämmerzug

Und also sprach Abdulla zu mir
Des Hungers Dolch hetzt dich
Von Folterkammer zu Folterkammer
Bis du in einer Fremde ruhst
Auf tristen Bürgersteigen
Und er sprach
Als seien deine Hände nur Schatten von Händen
Als seien in der Einöde des Gesichts
Deine Augen Kieselsteine
Als sei dein Körper die Schiene
Für den Dämmerzug der Geschichte
Den die Fremde hetzt
Von Sehnsucht
Zu Sehnsucht

Spurwechsel

Und also sprach Abdulla zu mir
Ritze das Fremde nicht in deine Haut
Nimm an und widerstehe
Überschreibe mit Schmerz die Freude
Und mit Freude den Schmerz
Denn nur der Stein behält des Hammers ewige Spur
Das Wasser aber glättet geschmeidig jeden Riß
Und er sprach
Sei kein Stein und sei kein Wasser
Sieh die Sonnenblume dort
Wie sie sich blühend erhebt
Trotzig gegen die Stickluft
Feldfern in fremder Vase
Und er sprach
Brich deinen blinden Kokon auf
In der Sonnenglut suche kühlende Schatten
Am Schnee erwärme deinen Blick

Ankunft

Und also sprach Abdulla zu mir
Klopfe ohne Furcht
An ihre Tür
Tritt ein und packe deinen Koffer aus
Schlage den Nagel in die Wand
Erwache in ihren Augen
Und schlafe in ihren Augen ein
Ausgedörrt vom Wandern
Wie Wüstensand dein Mund
Ihre Lippen grüner Tau

Und er sprach
Dein Zuhaus bist du allein
Laß ein die Gäste
Teile mit ihnen deinen Traum

Und er sprach
Sage ihr
Die du liebst
Sie sei schön
Und sie wird schön
Nach dem Maß deiner Liebe

Der Leib

Und also sprach Abdulla zu mir
In die Welt gebettet
Unendlich dieser Leib
Weit wie das Meer
Wie Freudentriller
Wie Horizonte
Und Heimstatt für exilierte Fingerspitzen
Hingebreitet aber
Auf schmalem Lager ist er
Wie Auges verengte Pupille

Und er sprach
Der eine der dich nie verläßt
Bist du allein
Verläßt dich aber die Welt
Kommst du in keinem Ich mehr an

Und er sprach
Sei einmal ich und sei einmal du
Denn wärest du nur ich
Bin ich allein mit mir
Bliebest du immer nur du
Wärest du das Sandkorn im Wind

Die Jagd

Und also sprach Abdulla zu mir
Jage nicht die Zeit
Das blinde Fabeltier
Entfliehe ihm nicht
Gnadenlos wird es dich hetzen
Atme ein mit allen Sinnen
Die Gerüche der Welt
Als sei zeitlos
Der eine Augenblick

Und er sprach
Nimm die Rose in die Hand
Küsse sie wie ein Liebender
Und wie eine Liebende
Beim ersten Kuß wird erröten
Unter dem Tau
Die Rose

Wetterfühligkeit

Und also sprach Abdulla zu mir
An einem frühen Morgen
Plötzlich
Wenn sich zusammenziehen die Wolken
Wenn Schwüle den Regen brütet
Bevor es gewittert
Wird stillstehen das müde Herz
Dann fällt der Regen
Dann wird der Himmel blau
Dann singen die Vögel
Dann steigt immer noch fröhlich
Die Sonne

Und er sprach
Ihr Gesicht mitnehmen
Eines Tages wenn du vergehst
Zwischen den Lidern
Aber noch wie Liebende einander
Die gebrechlichen Glieder stützen
Wie Liebende euch noch verlaufen
Unterwegs zueinander
Und älter werden miteinander wie Liebende
Daß der Morgen aus deinen Augen
Am Morgen ströme
Dämmerlicht um Dämmerlicht
In ihre

Und er sprach
Im Nebel
Unendlicher Liebe
Erreicht dein trüber Blick
Ihre Seele nicht

Ich aber sprach
Ich schließe die Augen
Auf meinen Lippen gesammelt
Ihr Mund
Zwischen die Lider gebettet
Ihrer Augen
Worte

Die Brücke

Und also sprach Abdulla zu mir
Auf der Minze bewegt es sich
Auf dem Felsen bewegt es sich
Unter der Brücke bewegt es sich
Dieses Licht der Liebe
Und er sprach
Die Minze erblüht in der Minze
Der Fels ruht im Felsen
Die Brücke dehnt sich aus in der Brücke
Und in der Kindheit wurzelt die Wurzel
Ich aber sprach
Das Licht wirft mich in die Minze
Die Minze läßt mich erblühen im Felsen
Der Fels verwurzelt mich in der Brücke
Und die Brücke dehnt sich aus
Von Meridian
Zu Meridian

Inhalt

ج

س

ر

Foto: Anita Schiffer-Fuchs

Adel Karasholi wurde 1936 in Damaskus geboren. Als jüngstes Mitglied des arabischen Schriftstellerverbandes mußte er nach dessen Verbot 1959 Syrien verlassen. Er kam über Beirut, München und West-Berlin 1961 nach Leipzig, wo er seitdem lebt. Er studierte am dortigen Literaturinstitut und promovierte 1970 über das Theater Brechts. Von 1968 bis 1993 arbeitete er als Lektor an der Universität Leipzig, seitdem freier Schriftsteller. 1985 erhielt er den Kunstpreis der Stadt Leipzig, 1992 den Adelbert-von-Chamisso-Preis. Gedichtbände in deutscher Sprache: Wie Seide aus Damaskus, 1968; Umarmung der Meridiane, 1978; Daheim in der Fremde, 1984; Wenn Damaskus nicht wäre, 1992.

1. Auflage 1995

Satz: Fotosatz Kretschmann GmbH, Bad Aibling
Litho: Datagraph, München
Typographie, Umschlagentwurf und Gestaltung: Konturwerk, Herbert Woyke
Gesamtherstellung: A1, München
Buchbinder: Bückers GmbH, Anzing bei München
Papier: 120 g/m² Freelife Vellum cream von Zenith
Gesetzt aus der 9 1/2/11 Punkt Walbaum roman
Printed in Germany
ISBN 3-927743-21-6

Die Deutsche Bibliothek – CIP-Einheitsaufnahme

Karasholi, Adel:
Also sprach Abdulla: Gedichte/Adel Karasholi.
– 1. Aufl. – München: A-1-Verl., 1995
ISBN 3-927743-21-6

Englisch broschiert, 96 Seiten, ISBN 3-927743-07-0